CE LIVRE APPARTIENT À
HALLOWEEN

COLORIAGES

HALLOWEEN

PIRATE

JEUX DES OMBRES

JE RELIE CHAQUE IMAGE AVEC SON OMBRE

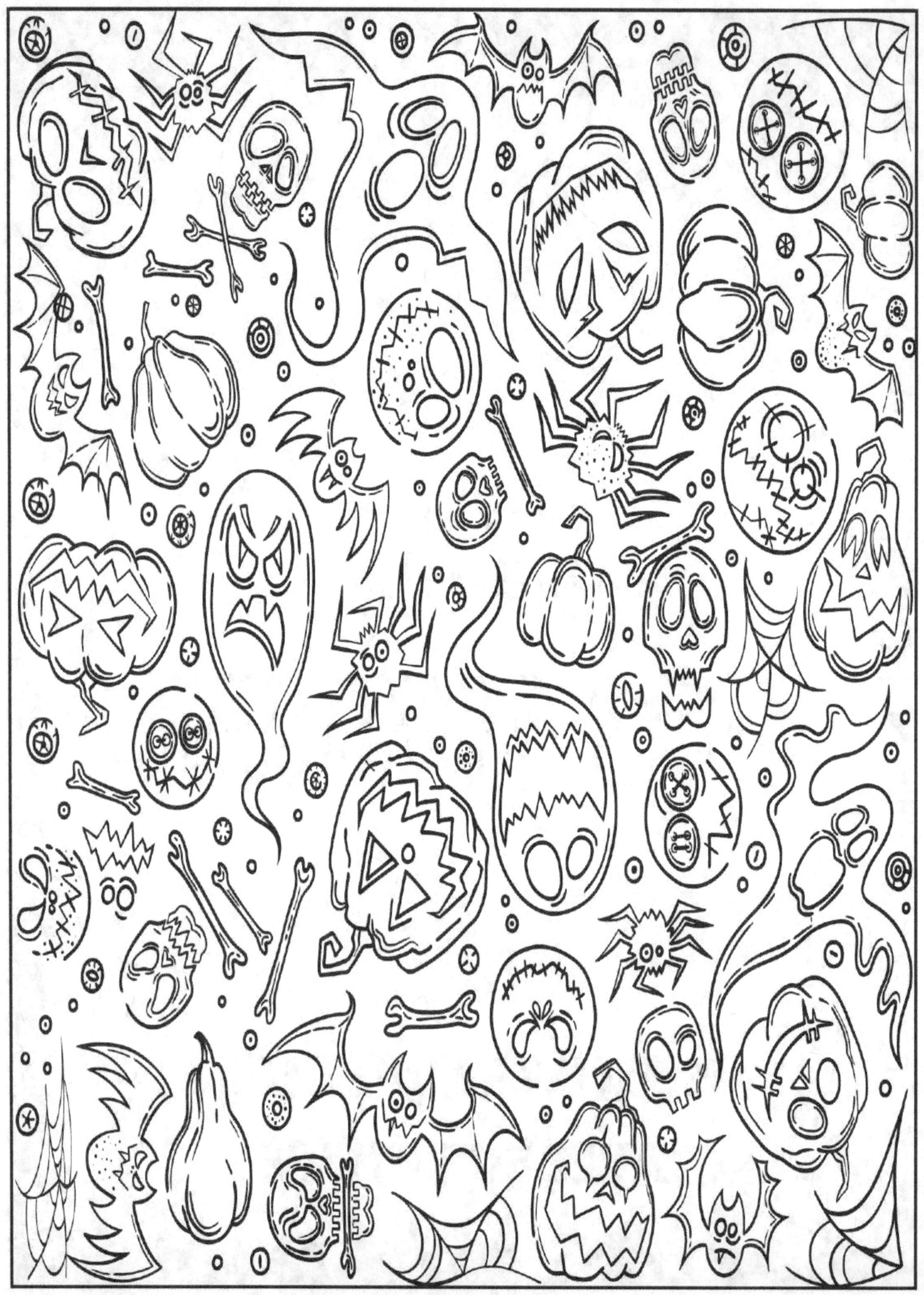

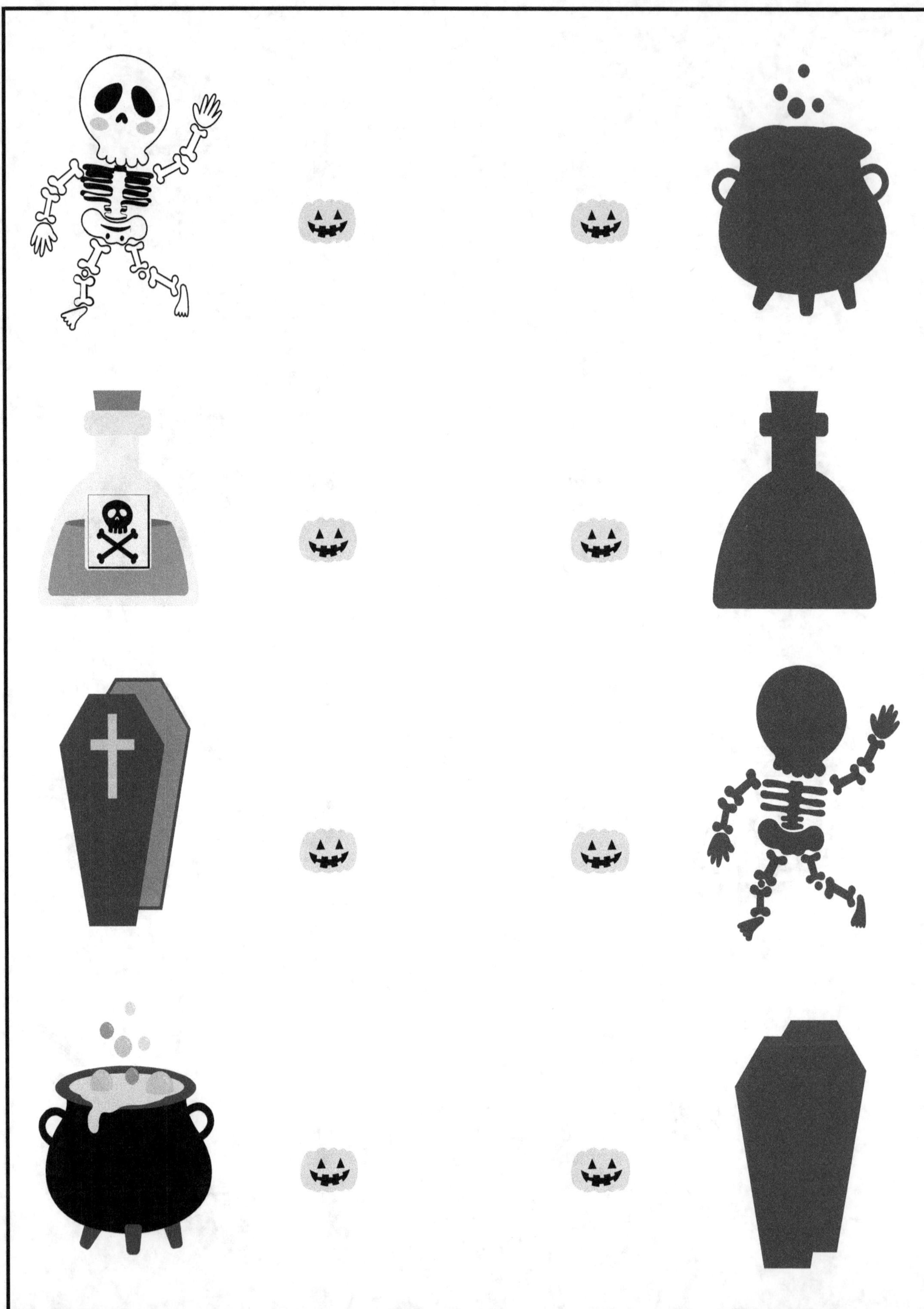

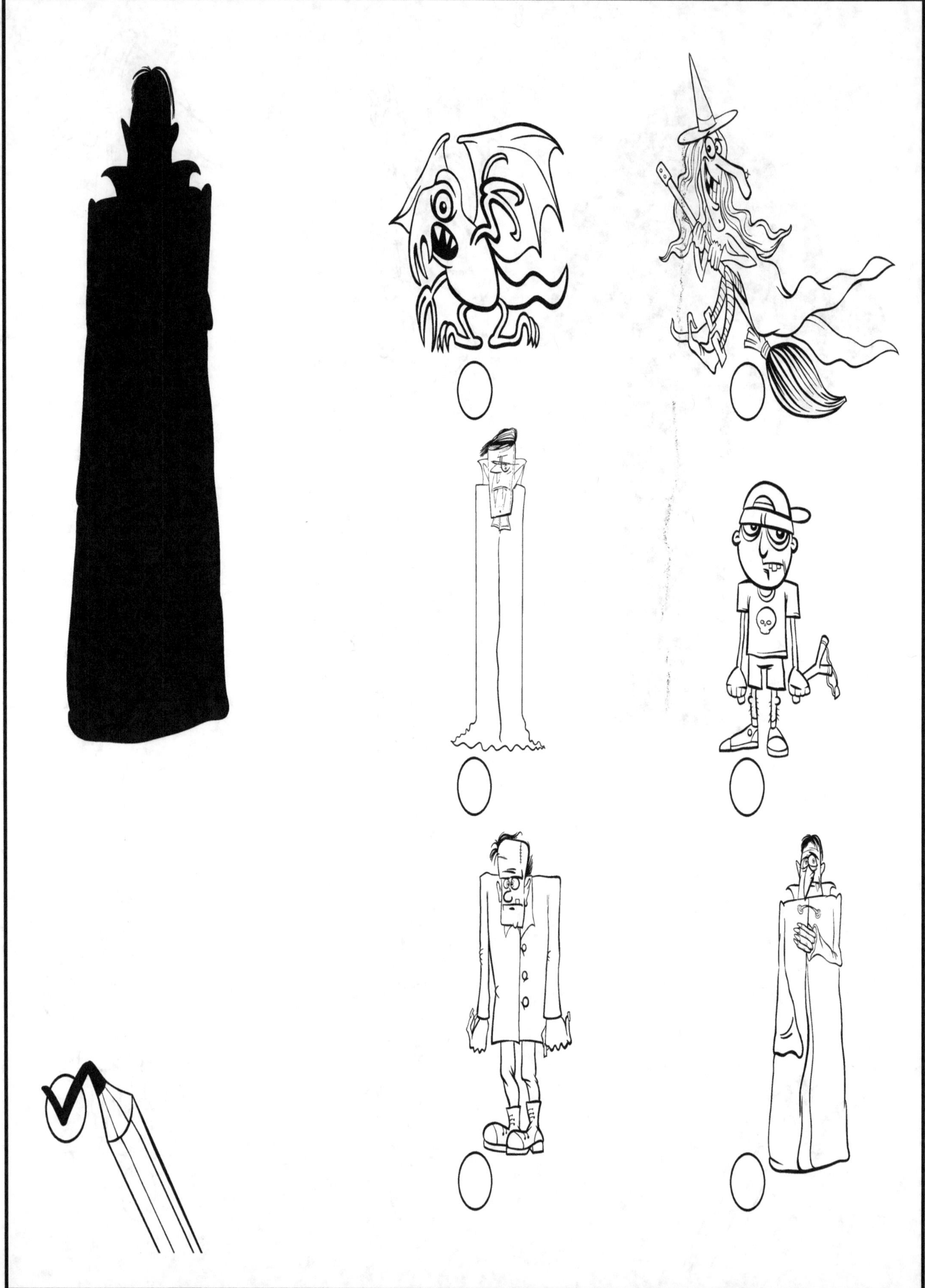

POINTS À RELIER

JE RELIE LES POINTS DANS L'ORDRE

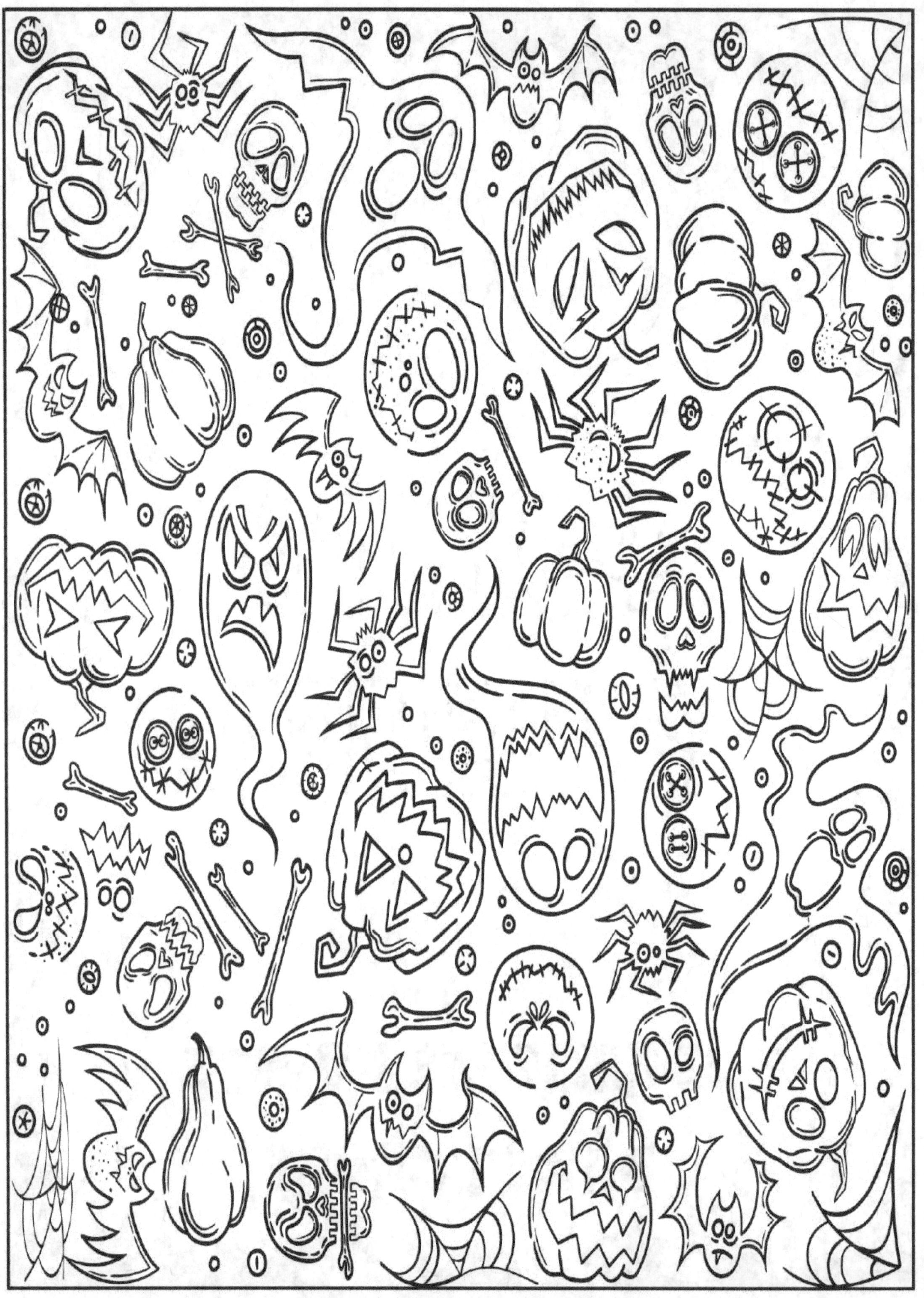

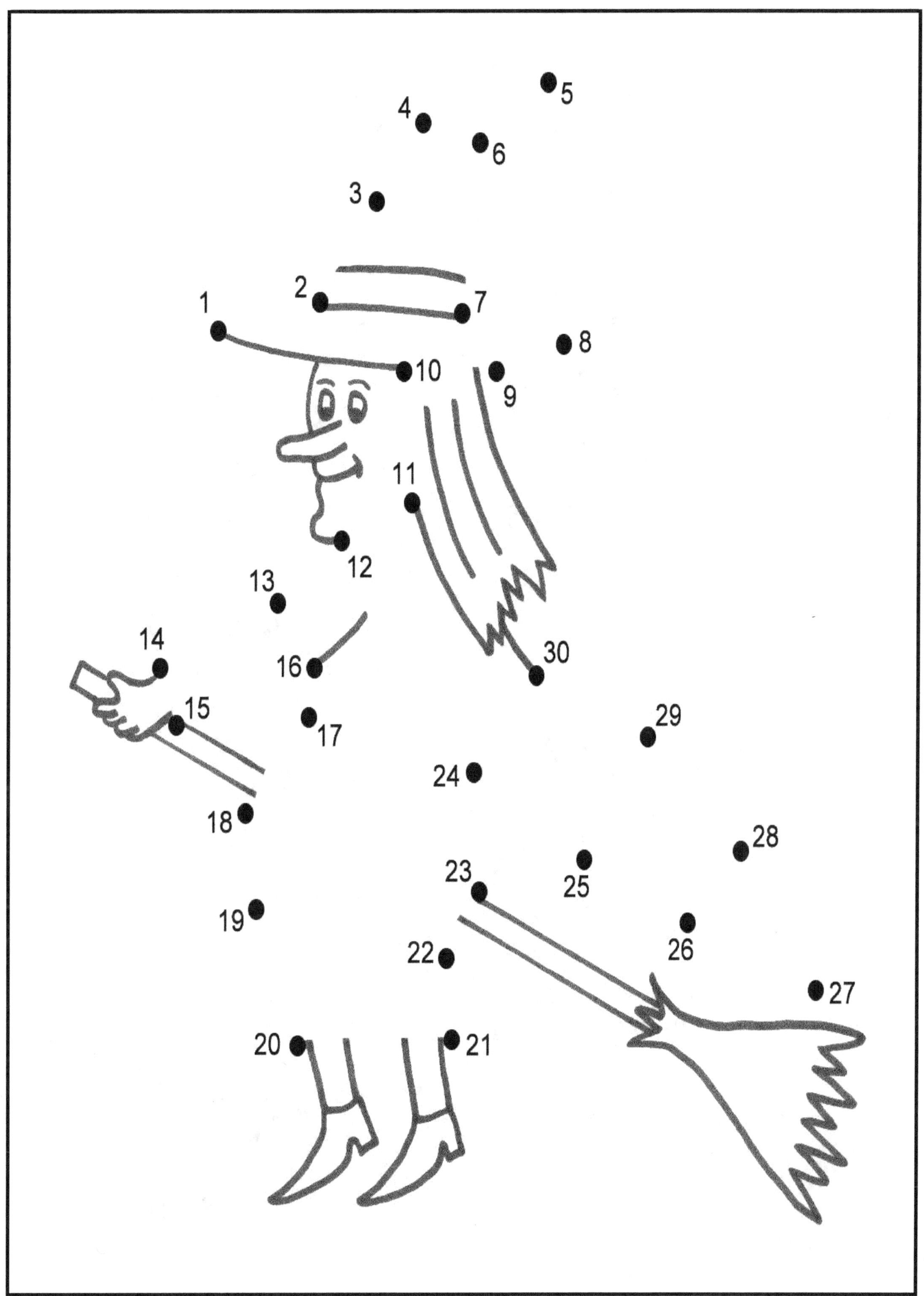

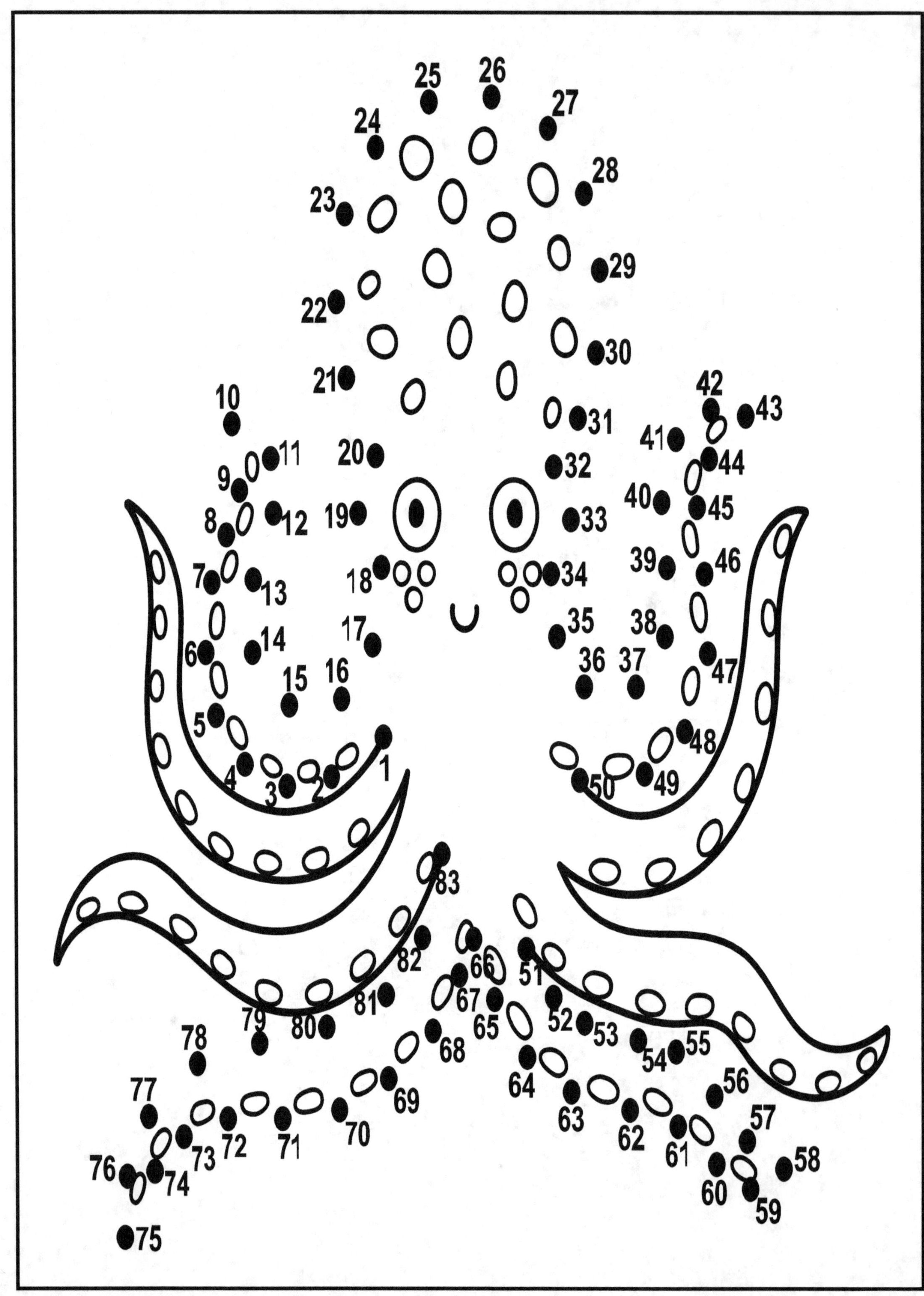

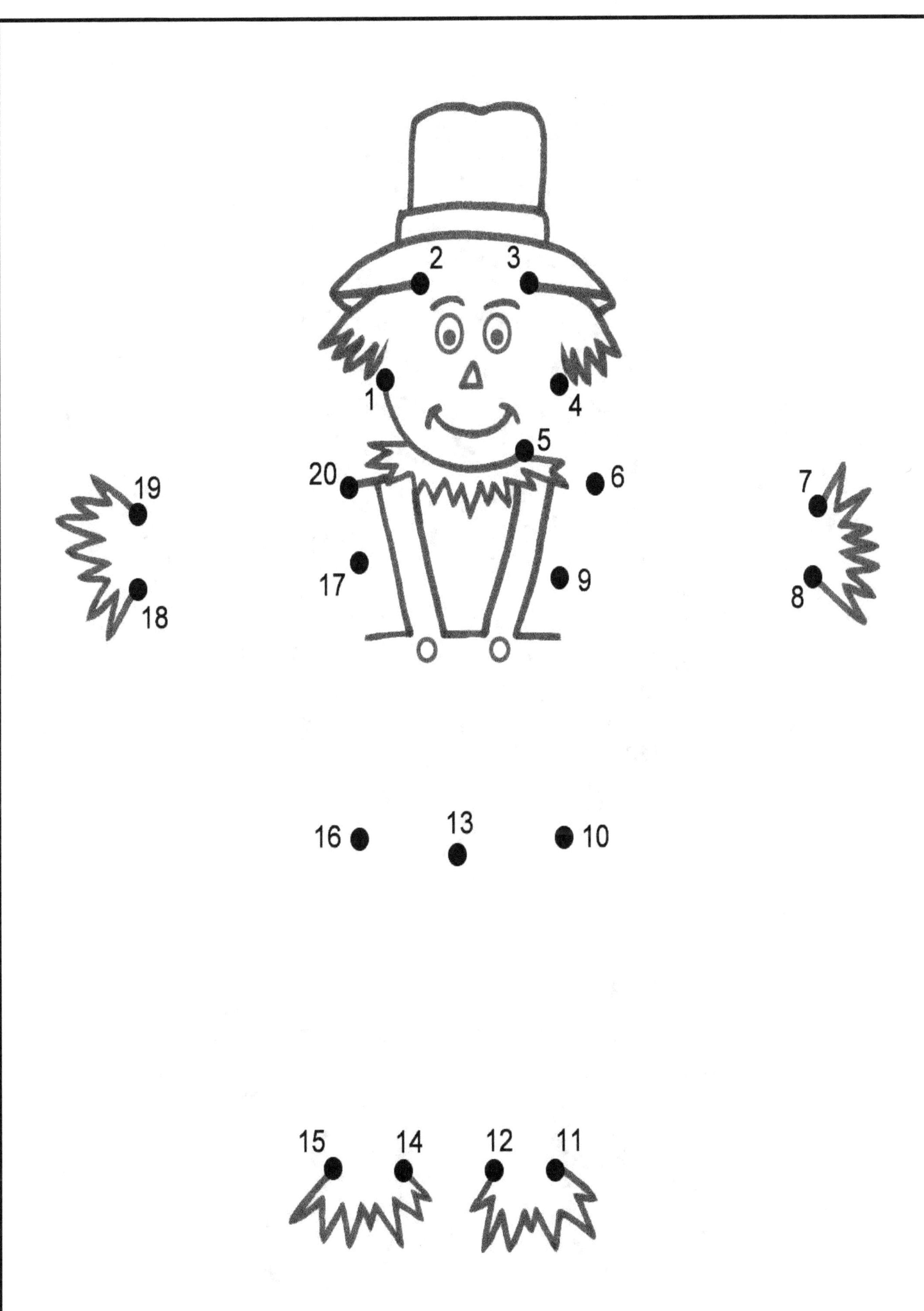

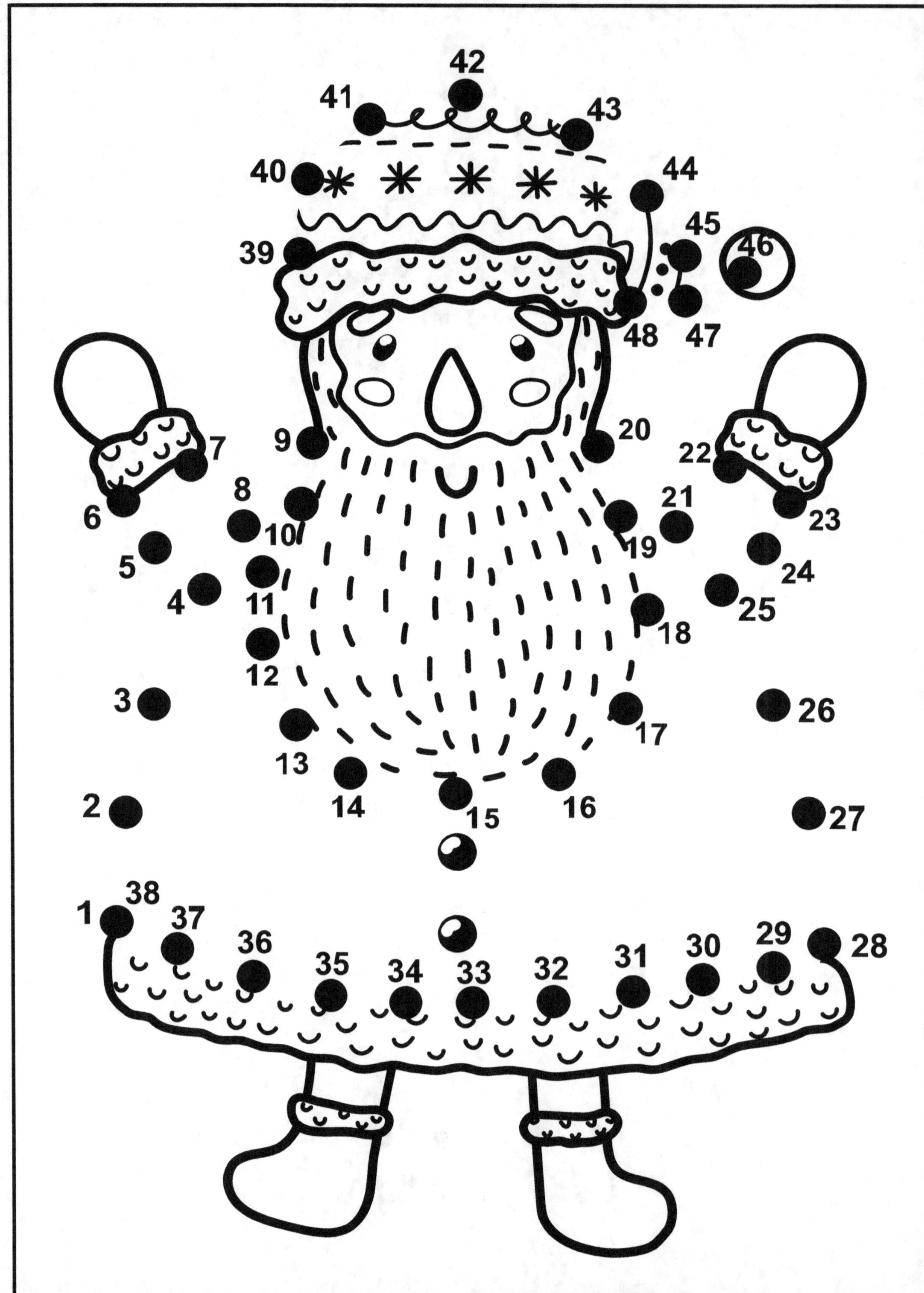

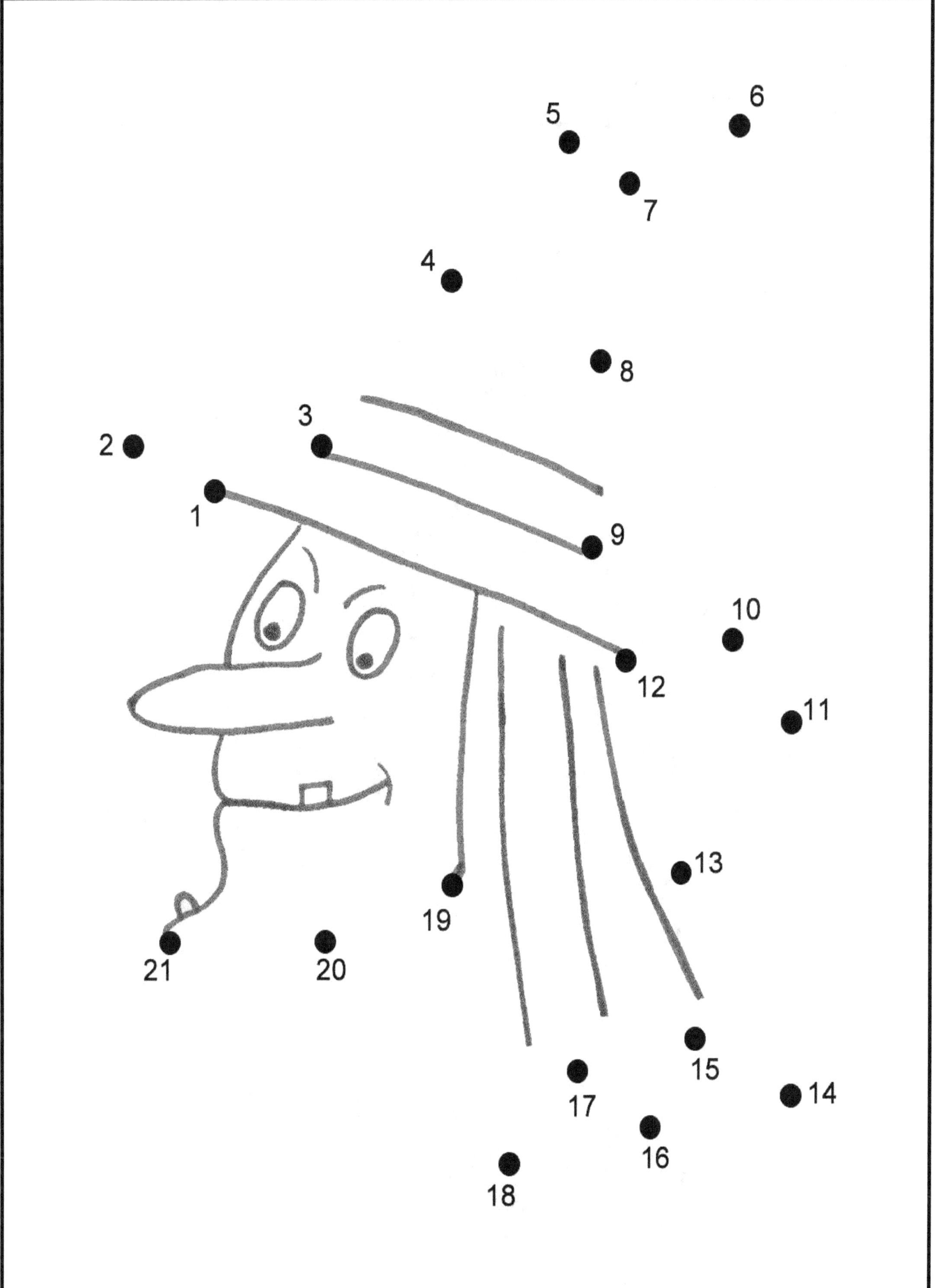

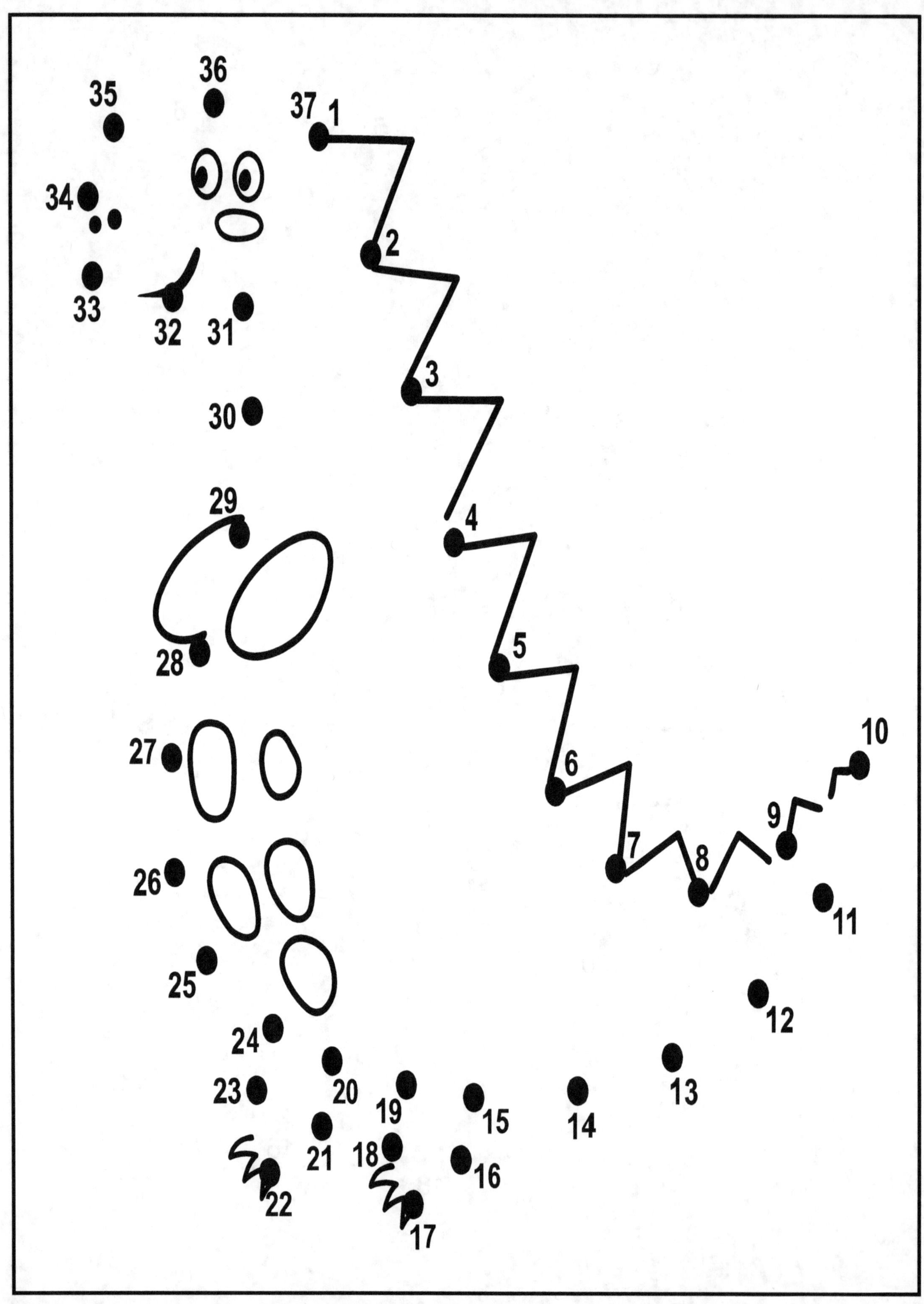

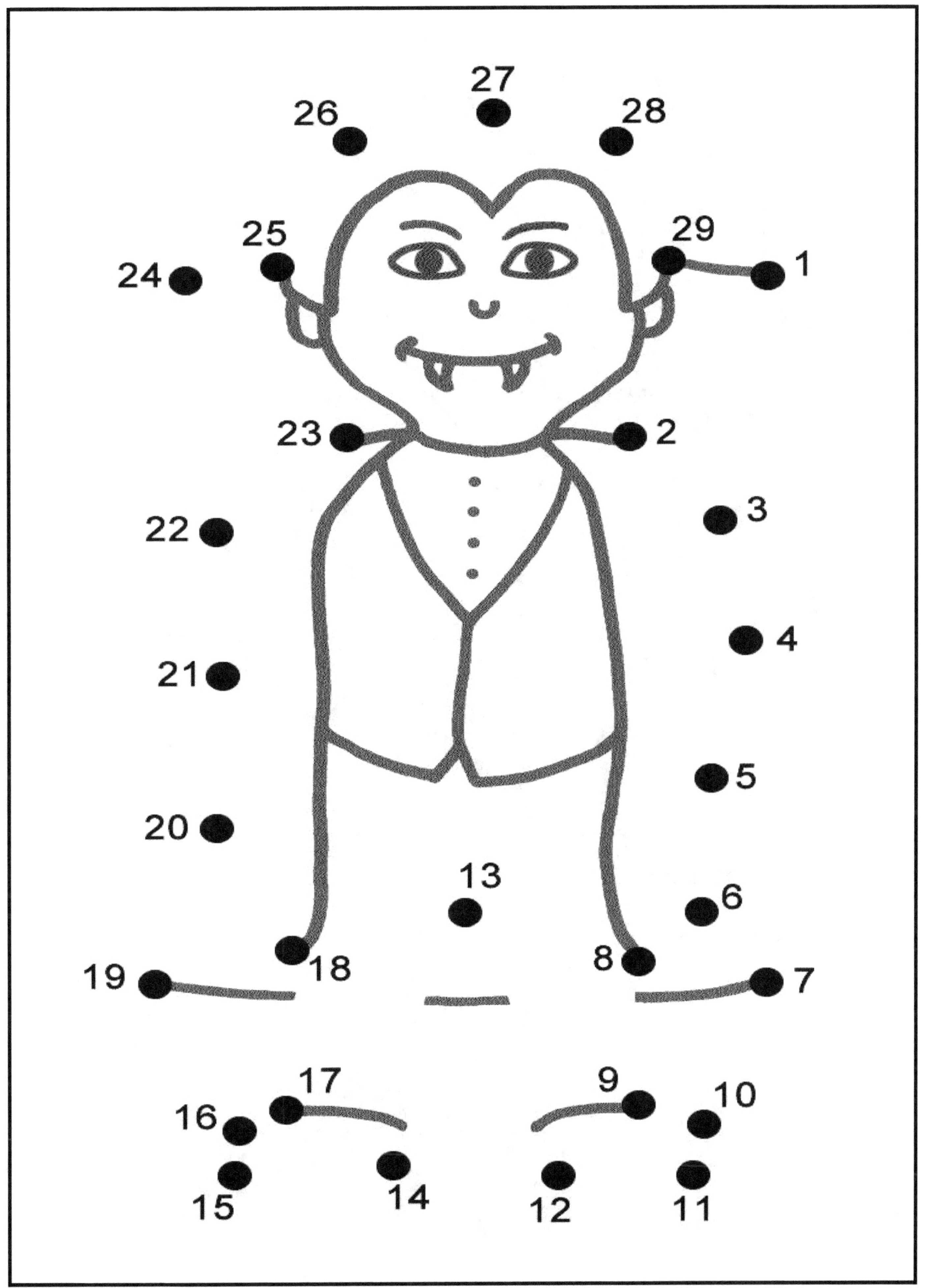

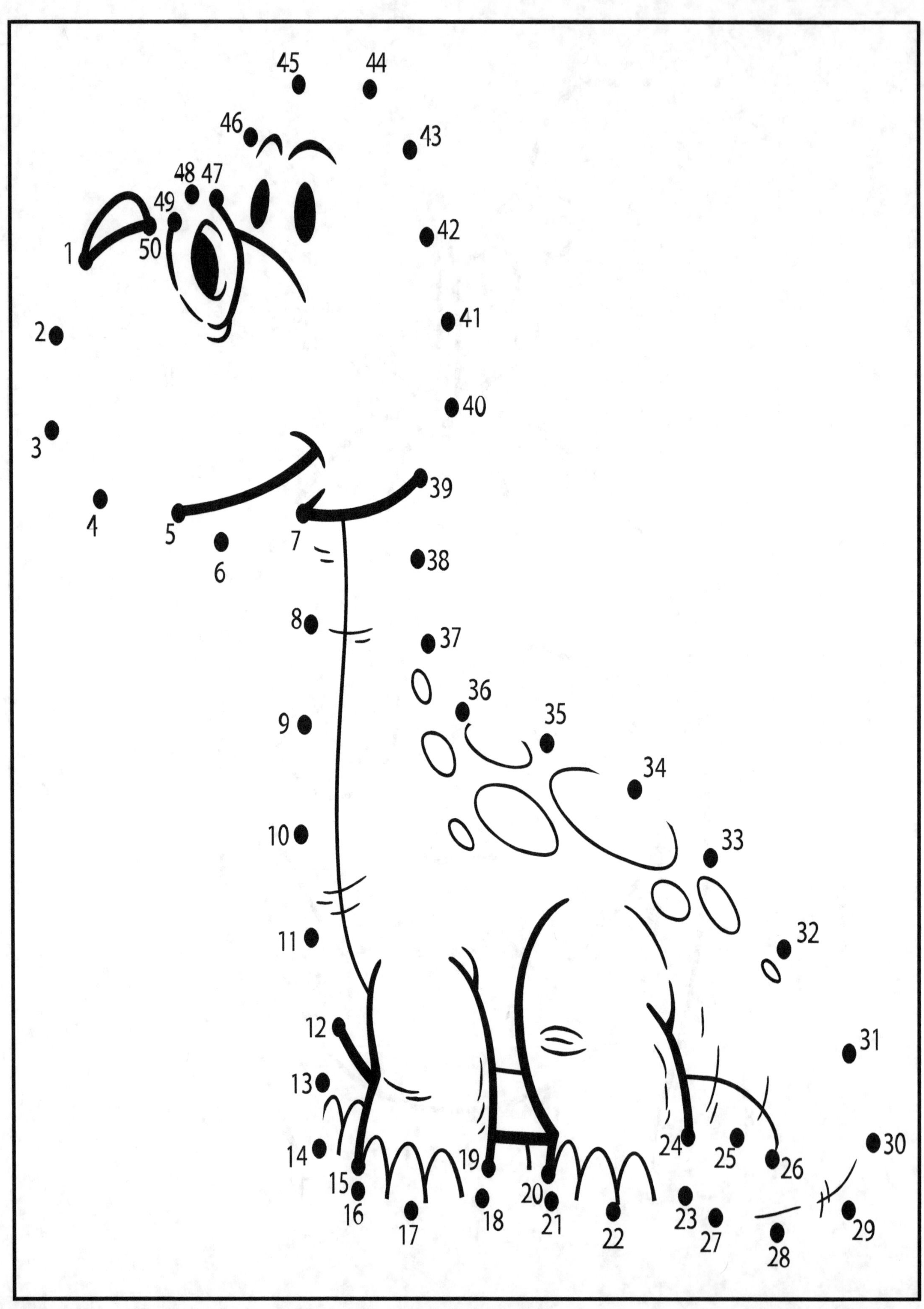

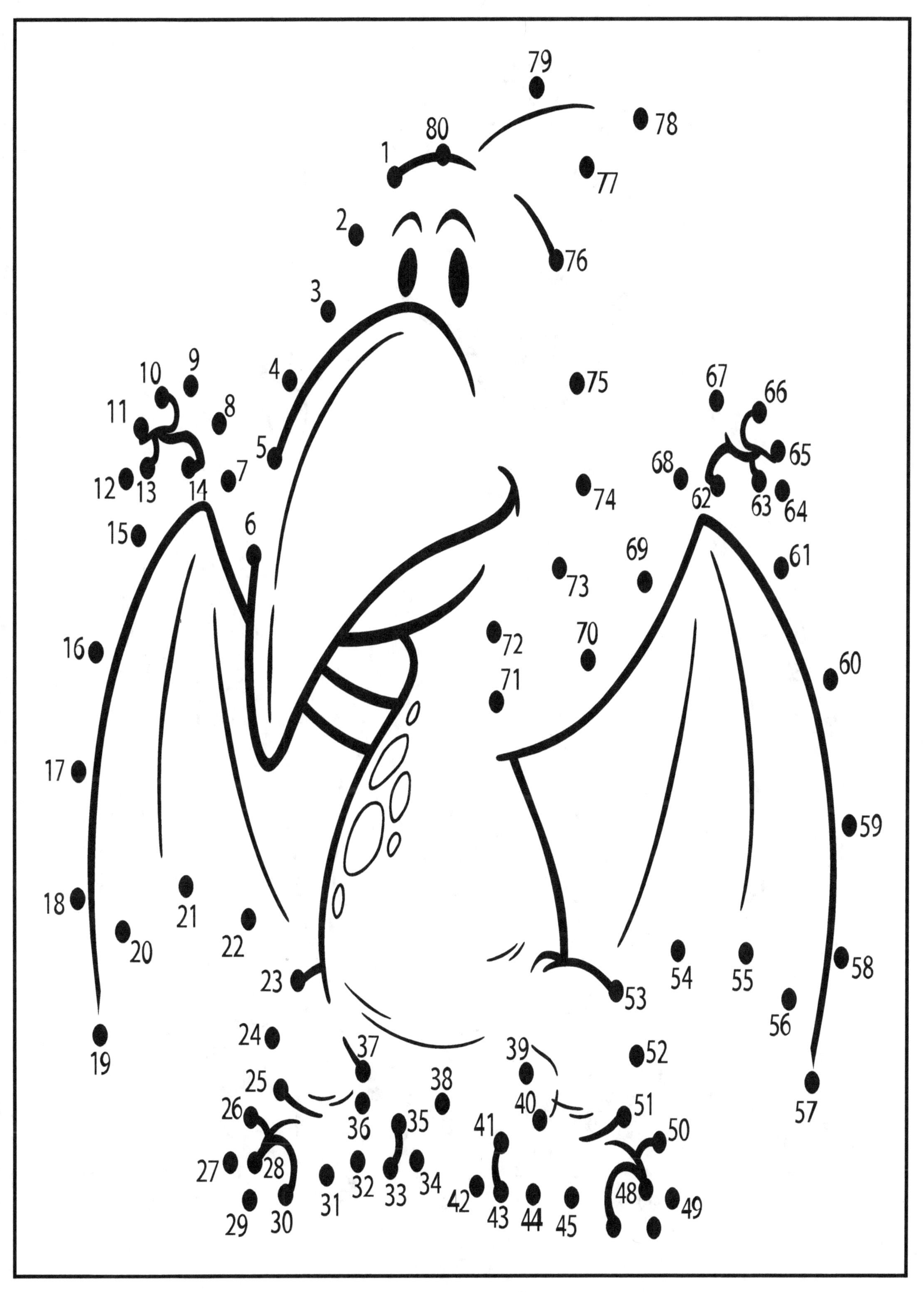

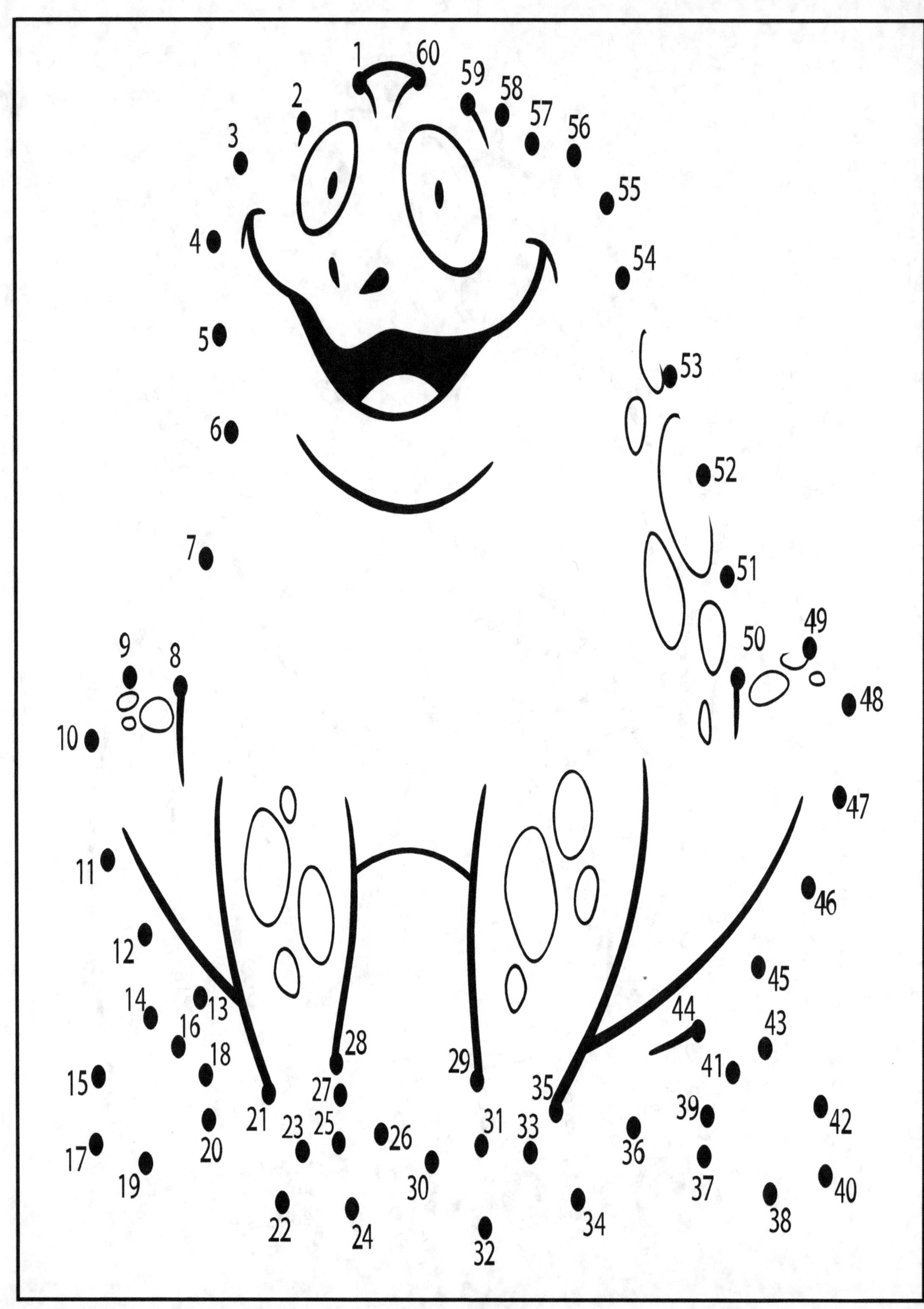

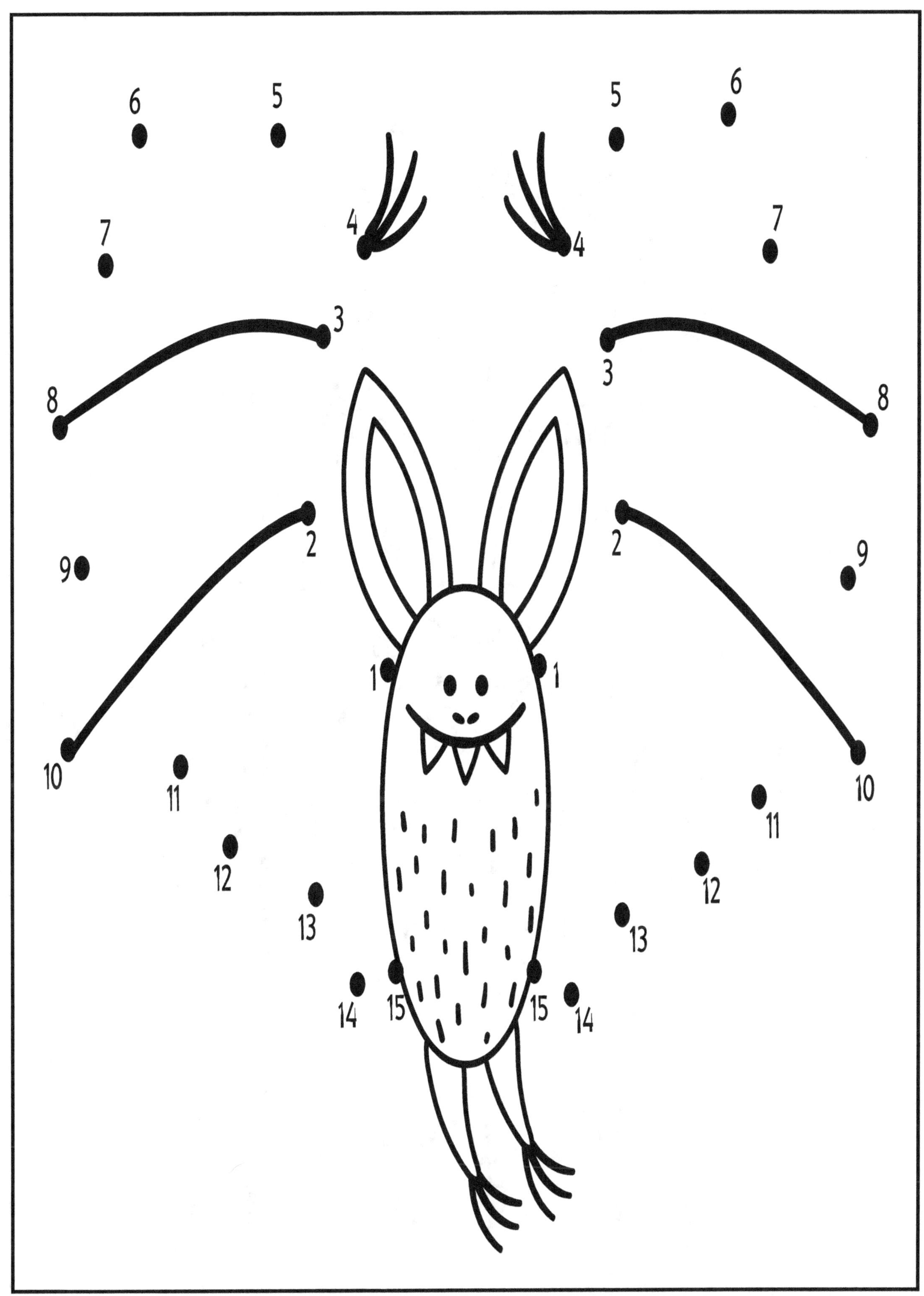

6
5
5
6
7
4
4
7
3
3
8
8
2
2
9
9
10
11
10
11
12
12
13
13
1
1
14
15
15
14

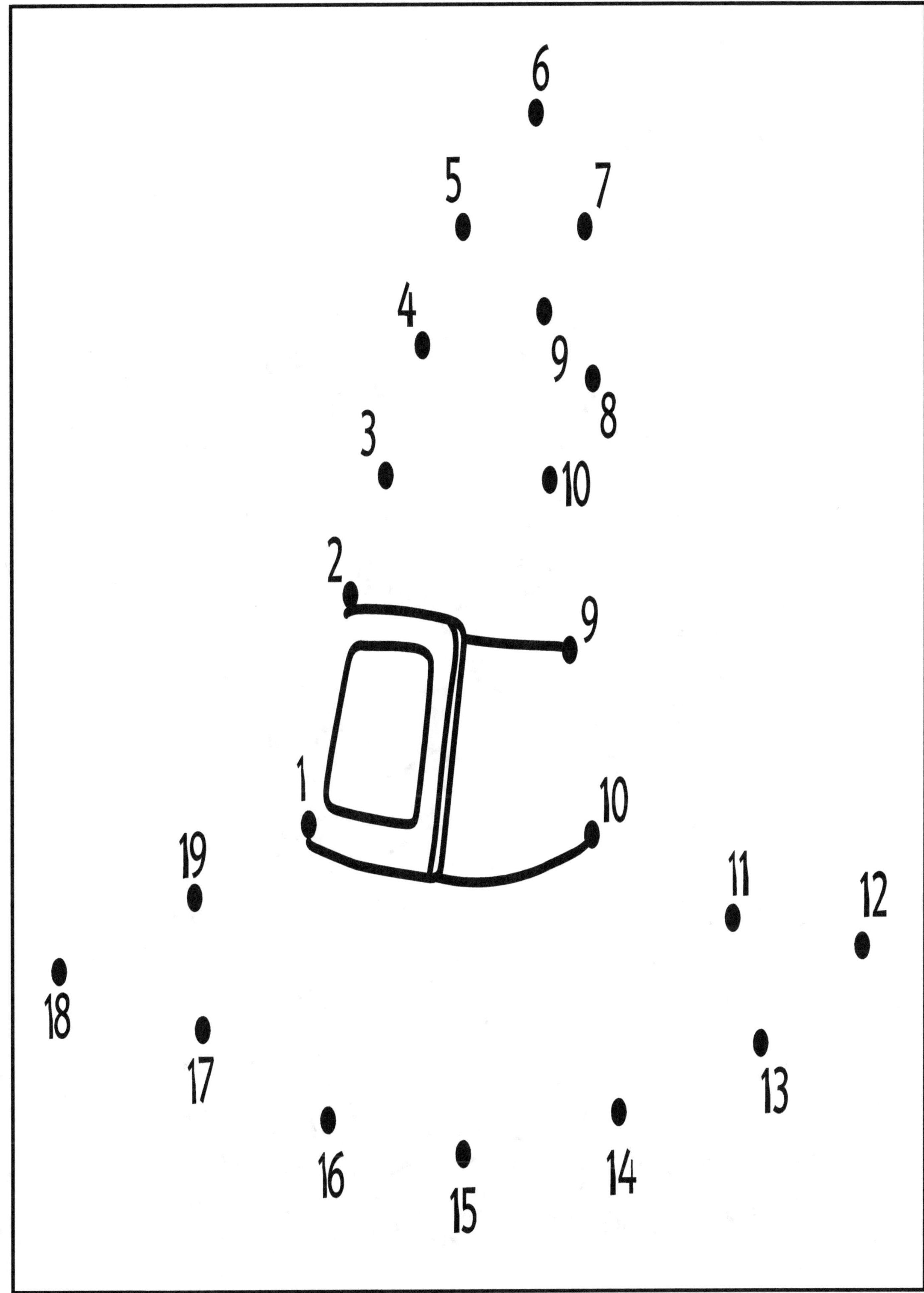

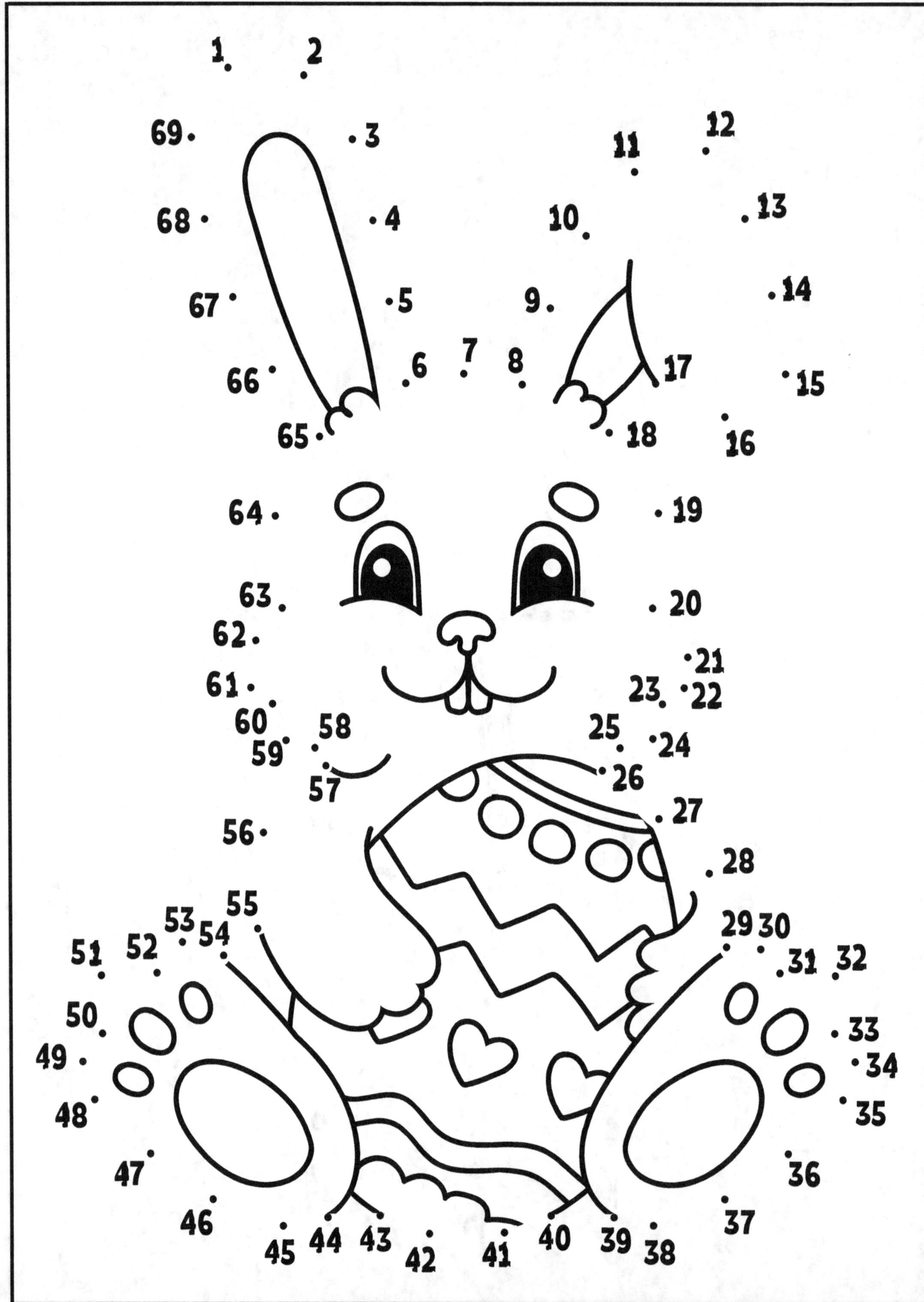

LABYRINTHES

JE RÉSOUS

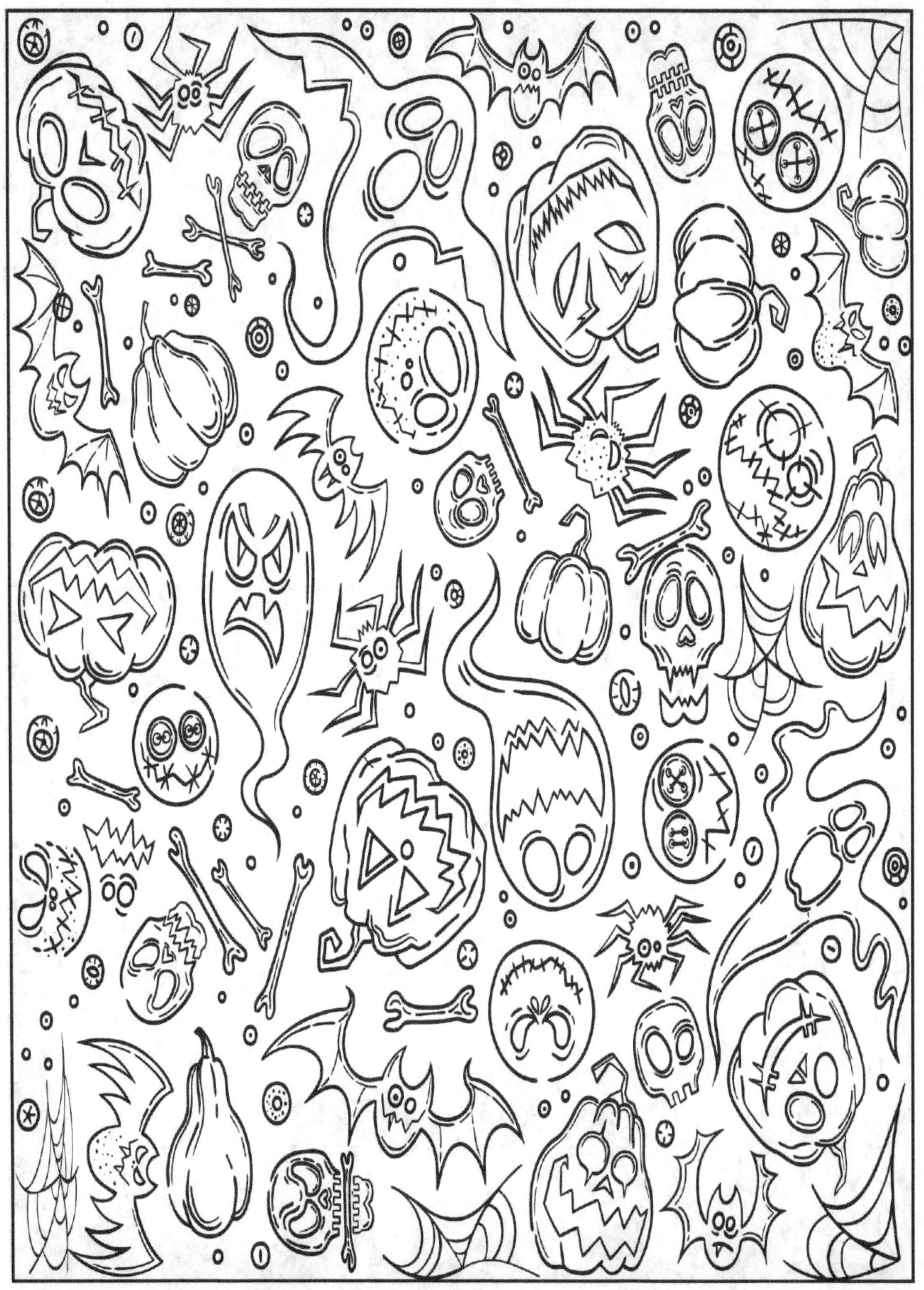

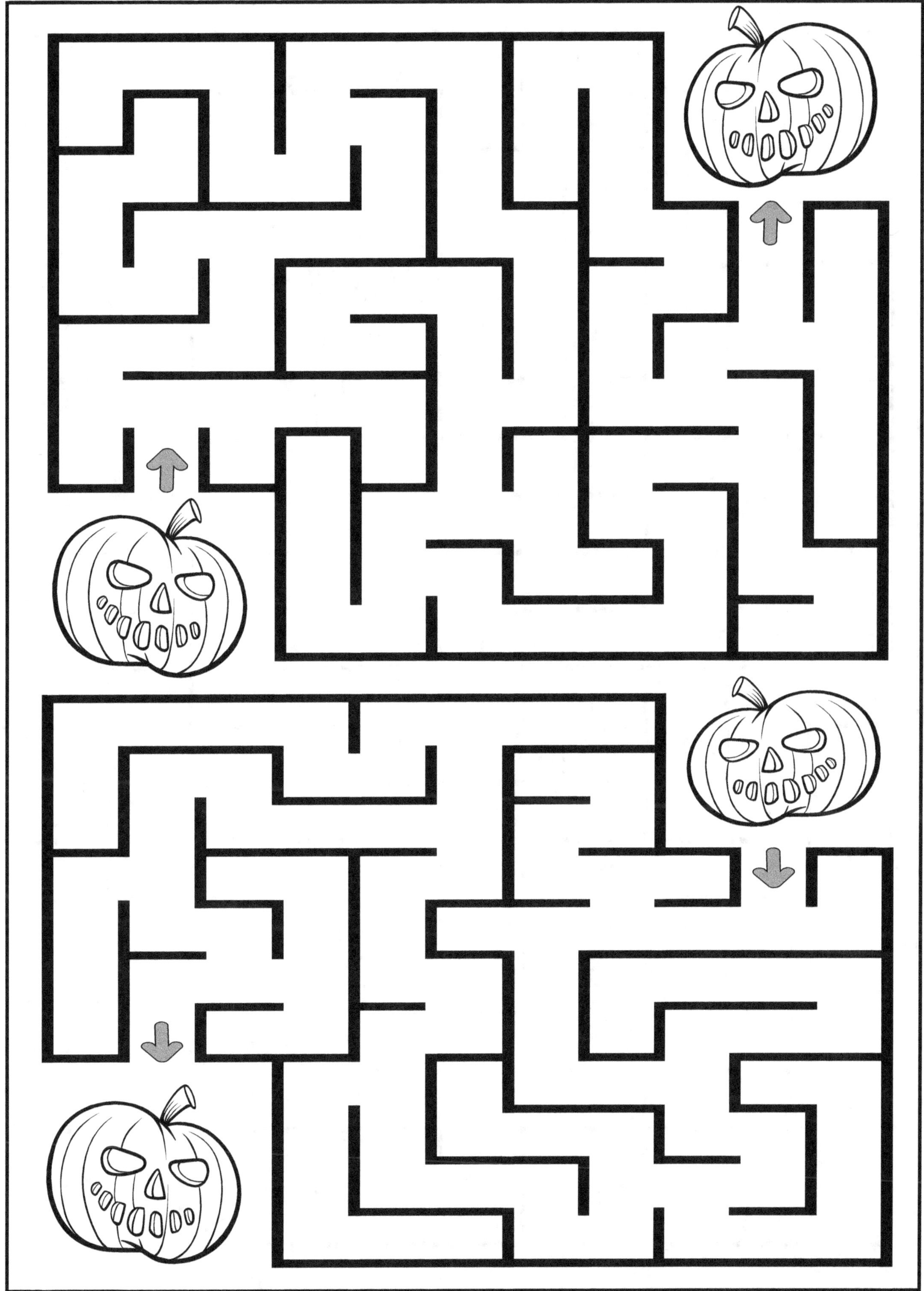

JEUX
DES DIFFÉRENCES
JE TROUVE
LES 7 DIFFÉRENCES

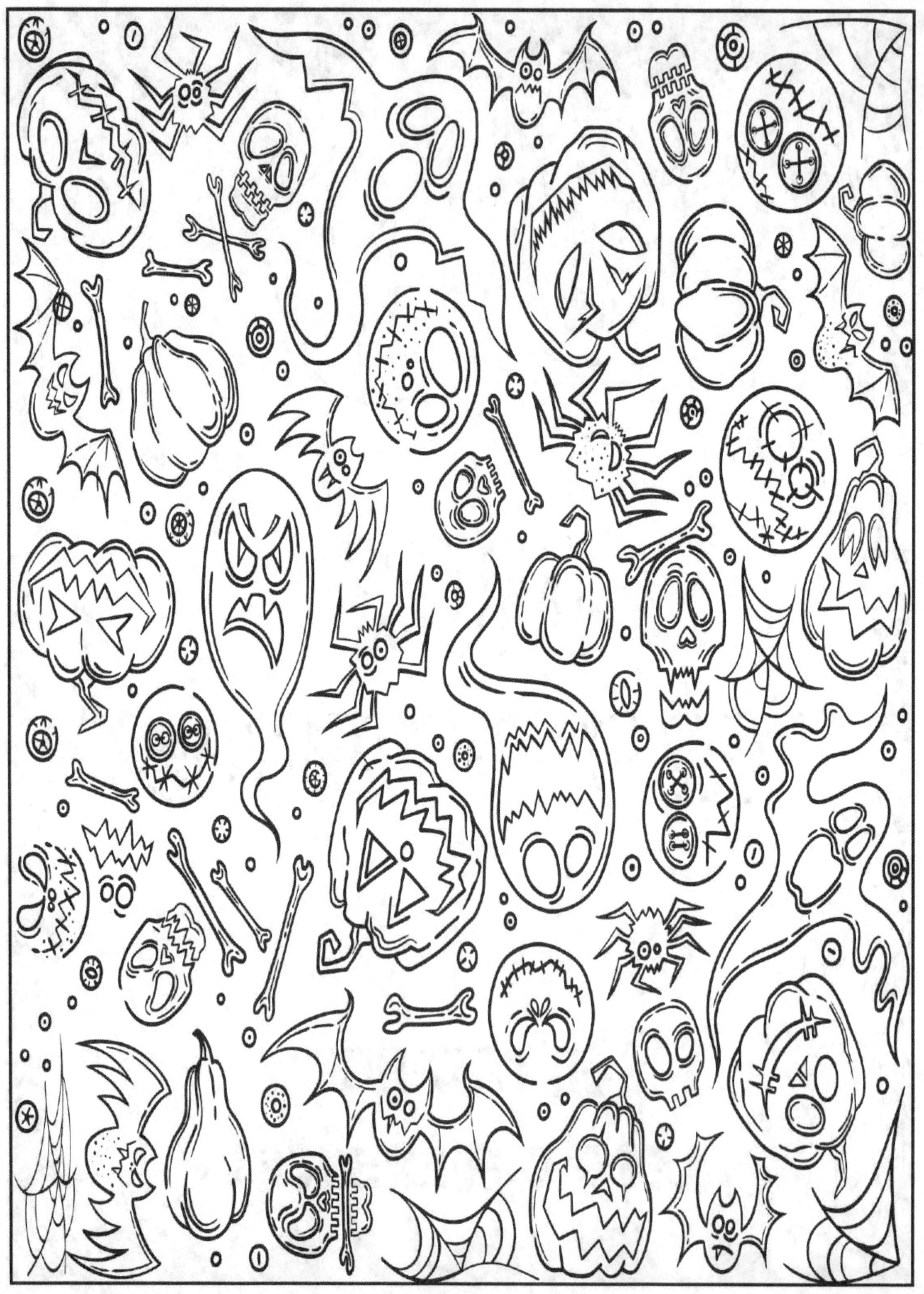

SUDOKUS

HALLOWEEN

Puzzle 1

	2			6		7	8	
1			9				6	
	7		2	1				3
4		5	1					8
	9		5		6		2	
8					3	6		5
2				7	1		3	
	8				5			7
	5	7		2			1	

1

Puzzle 2

			1				7	
	8	1	6	5	7			
7				4		5	3	
	3	8	2	7		9		
	5	7				2	8	
		4		3	8	6	5	
	7	9		6				5
			5	2	9	7	4	
	2				1			

2

Puzzle 3:

		7	6		1			4
	3		7			5	6	8
4				3	2	7		
	7	4						9
3								2
6						8	1	
		1	4	9				3
9	2	5			3		4	
8			2			6	9	

3

Puzzle 4:

9				3	7			5
	4	7		6				
5		1	4			8	7	
	7						5	8
	2		6		8		3	
4	8						6	
	1	2			9	3		7
			8			6	9	
8			7	1				2

4

5

					5		2	
6			8	9		1	4	
	8	4		1	6			
4	7	9		8				
5	6		4		1		3	8
				2		7	5	4
			1	5		3	8	
	2	7		3	4			5
	1		2					

6

		5	7		1	6		
6	7		2		8			
	1		6			8		7
9			1			4		
5		4				3		9
		7			4			6
3		6		5		2		
			4		2		5	3
		9	3		7	1		

			7				9	6
			6	2		1		4
3	4		5					
						7	1	
	3	1				2	6	
	6	8						
					5		3	7
2		3		7	6			
1	7				8			

7

				1	6		4	
		5						8
		4	9			3		2
		2					5	7
		1	3	7	2	9		
7	9					2		
5		9			7	1		
4						8		
	1		5	6				

8

9

10

Puzzle 11

		9	6					
8				1				
1	5	4		2				6
				3		1	9	
	4	5		6	3			
2	8		9					
6			3		9	4	1	
				6			5	
					5	2		

Puzzle 12

2	9			7		4		
	8				6	9		
7	3	1	4		5		6	
							7	5
			1		8			
	4	3						
	6		9		2	5	4	1
		4	6				2	
		8		4			9	6

SOLUTIONS

HALLOWEEN

1

5	2	9	3	6	4	7	8	1
1	3	8	9	5	7	4	6	2
6	7	4	2	1	8	9	5	3
4	6	5	1	9	2	3	7	8
7	9	3	5	8	6	1	2	4
8	1	2	7	4	3	6	9	5
2	4	6	8	7	1	5	3	9
9	8	1	6	3	5	2	4	7
3	5	7	4	2	9	8	1	6

2

5	4	2	1	9	3	8	7	6
3	8	1	6	5	7	4	9	2
7	9	6	8	4	2	5	3	1
6	3	8	2	7	5	9	1	4
9	5	7	4	1	6	2	8	3
2	1	4	9	3	8	6	5	7
8	7	9	3	6	4	1	2	5
1	6	3	5	2	9	7	4	8
4	2	5	7	8	1	3	6	9

3

5	9	7	6	8	1	3	2	4
1	3	2	7	4	9	5	6	8
4	8	6	5	3	2	7	9	1
2	7	4	1	5	8	6	3	9
3	1	8	9	6	7	4	5	2
6	5	9	3	2	4	8	1	7
7	6	1	4	9	5	2	8	3
9	2	5	8	7	3	1	4	6
8	4	3	2	1	6	9	7	5

4

9	6	8	1	3	7	4	2	5
2	4	7	8	6	5	9	1	3
5	3	1	4	9	2	8	7	6
3	7	6	9	2	4	1	5	8
1	2	9	6	5	8	7	3	4
4	8	5	3	7	1	2	6	9
6	1	2	5	4	9	3	8	7
7	5	4	2	8	3	6	9	1
8	9	3	7	1	6	5	4	2

7	9	1	3	4	5	8	2	6
6	5	3	8	9	2	1	4	7
2	8	4	7	1	6	5	9	3
4	7	9	5	8	3	2	6	1
5	6	2	4	7	1	9	3	8
1	3	8	6	2	9	7	5	4
9	4	6	1	5	7	3	8	2
8	2	7	9	3	4	6	1	5
3	1	5	2	6	8	4	7	9

5

8	9	5	7	3	1	6	4	2
6	7	3	2	4	8	5	9	1
4	1	2	6	5	9	8	3	7
9	6	8	1	2	3	4	7	5
5	2	4	8	7	6	3	1	9
1	3	7	5	9	4	2	8	6
3	4	6	9	1	5	7	2	8
7	8	1	4	6	2	9	5	3
2	5	9	3	8	7	1	6	4

6

5	1	2	7	8	4	3	9	6
8	9	7	6	2	3	1	5	4
3	4	6	5	9	1	8	7	2
4	2	5	8	6	9	7	1	3
9	3	1	4	5	7	2	6	8
7	6	8	1	3	2	5	4	9
6	8	4	2	1	5	9	3	7
2	5	3	9	7	6	4	8	1
1	7	9	3	4	8	6	2	5

7

8	2	3	7	1	6	5	4	9
9	6	5	2	4	3	7	1	8
1	7	4	9	8	5	3	6	2
3	4	2	8	9	1	6	5	7
6	5	1	3	7	2	9	8	4
7	9	8	6	5	4	2	3	1
5	8	9	4	3	7	1	2	6
4	3	6	1	2	9	8	7	5
2	1	7	5	6	8	4	9	3

8

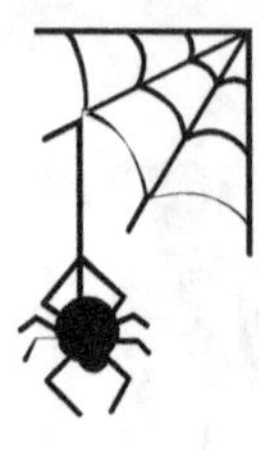

9

5	4	2	9	3	6	7	8	1
6	1	3	7	8	4	2	5	9
8	9	7	1	2	5	3	6	4
2	6	1	3	7	8	9	4	5
7	8	5	2	4	9	6	1	3
4	3	9	5	6	1	8	2	7
9	7	8	4	5	2	1	3	6
3	5	6	8	1	7	4	9	2
1	2	4	6	9	3	5	7	8

10

2	6	5	3	7	4	9	8	1
3	4	1	9	6	8	2	5	7
7	8	9	5	2	1	3	6	4
1	5	3	6	4	9	8	7	2
4	2	8	7	3	5	1	9	6
6	9	7	8	1	2	4	3	5
8	3	4	2	5	7	6	1	9
9	7	2	1	8	6	5	4	3
5	1	6	4	9	3	7	2	8

11

4	3	9	6	5	7	8	2	1
2	8	6	9	1	3	5	7	4
7	1	5	4	8	2	9	3	6
5	6	7	8	3	4	1	9	2
1	9	4	5	2	6	3	8	7
3	2	8	7	9	1	6	4	5
6	5	2	3	7	9	4	1	8
9	4	1	2	6	8	7	5	3
8	7	3	1	4	5	2	6	9

12

2	9	6	8	7	3	4	1	5
4	8	5	2	1	6	9	7	3
7	3	1	4	9	5	2	6	8
8	1	2	3	6	4	7	5	9
5	7	9	1	2	8	6	3	4
6	4	3	7	5	9	1	8	2
3	6	7	9	8	2	5	4	1
9	5	4	6	3	1	8	2	7
1	2	8	5	4	7	3	9	6

www.ingramcontent.com/pod-product-compliance
Lightning Source LLC
Chambersburg PA
CBHW080836160726
47999CB00009B/2917